魔术师的秘密

[法]克里斯蒂安·格勒尼耶 著

张昕 译

电子工业出版社
Publishing House of Electronics Industry
北京·BEIJING

Le secret du magicien
© RAGEOT-EDITEUR Paris, 2017
Author: Christian Grenier
All rights reserved.
Text translated into Simplified Chinese © Publishing House of Electronics Industry Co., Ltd,2022

本书中文简体版专有出版权由RAGEOT EDITEUR通过Peony Literary Agency Limited授予电子工业出版社，未经许可，不得以任何方式复制或抄袭本书的任何部分。

版权贸易合同登记号　图字：01-2021-5007

图书在版编目（CIP）数据

魔术师的秘密 / (法) 克里斯蒂安·格勒尼耶著；张昕译. --北京：电子工业出版社，2022.1
（侦探猫系列）
ISBN 978-7-121-42292-8

Ⅰ.①魔… Ⅱ.①克… ②张… Ⅲ.①儿童小说—长篇小说—法国—现代 Ⅳ.①I565.84

中国版本图书馆CIP数据核字（2021）第227903号

责任编辑：吕姝琪　文字编辑：范丽鹏
印　　刷：北京天宇星印刷厂
装　　订：北京天宇星印刷厂
出版发行：电子工业出版社
　　　　　北京市海淀区万寿路173信箱　邮编：100036
开　　本：787×1092　1/32　印张：19.625　字数：258.2千字
版　　次：2022年1月第1版
印　　次：2023年4月第6次印刷
定　　价：140.00元（全7册）

凡所购买电子工业出版社图书有缺损问题，请向购买书店调换。若书店售缺，请与本社发行部联系，联系及邮购电话：（010）88254888，88258888。
质量投诉请发邮件至zlts@phei.com.cn，盗版侵权举报请发邮件至dbqq@phei.com.cn。
本书咨询联系方式：（010）88254161转1862，fanlp@phei.com.cn。

热尔曼家的假期

"赫尔克里!"麦克斯大声命令我,"过来!快点儿!"

没门儿。我才不听呢,我又不是狗。我绝不会钻进那个可笑的盒子里去。

我溜到客厅的沙发底下躲了起来。喜鹊茱莉的笼子放在茶几上,我听见它正在笼子里叽喳乱叫,就好像冲着麦克斯大嚷:"快看,赫尔克里藏在这儿呢!"

可麦克斯径直去了厨房。他带着我的饭盆回来了,里面还装满了猫粮。这陷阱也太明显了吧!

他蹲了下来,把饭盆朝我推过来,假惺惺地小声说:"过来,我的乖猫猫……"

不要。我才不过去。我不乖,我也不是他的猫。我有两个主人,她们是麦克斯和罗洁丝的女儿——贝贝和乐乐,一对双胞胎姐妹。再说,我也不属于她们俩。

猫是不属于任何人的。猫不听命令,就算是警察的命令也没用。没错,麦克斯和罗洁丝在巴黎郊区的圣-德尼警察局工作。

"坏东西!算了,不带你了。我要去准备魔术表演啦。"

茱莉在它的笼子里叽叽喳喳地表示同意。

"不行!"麦克斯对它说,"你得等到明天!"

他拿起装着于勒的广口瓶,朝阳光房走去。于勒是热尔曼的金鱼。

没错,我们不在自己家,而是在热尔曼家。他是全家人的朋友,春假期间,他把自己在佩里戈尔的房子借给了我们。

我想知道麦克斯要干什么——我很有好奇心,所有猫都这样……

我决定冒险去阳光房看看。

阳光房的天花板是玻璃做的,所以这里洒满了阳光。两扇落地窗都大敞四开的。

麦克斯把于勒倒进了一个装满水的塑料袋里——那袋子也太小了吧!他又用一段细铁

丝紧紧地绑住了袋口。然后，他把于勒放回了广口瓶里。那条红色的鱼现在住在双重监狱里了。

太诡异了！

接着，他又搬来了藏在一大丛绿色植物后面的方形小鱼缸，那里面游动着一条蓝色的鱼！我不认识这条鱼。

除了颜色不同，这些鱼看起来一模一样。贝贝和乐乐也是这样，她们俩一个是红色头发，另一个是金色头发。

麦克斯把蓝色的鱼放进了另一个塑料袋里，然后把袋子挂在了自己的外套里面！

然后，他带着装于勒的广口瓶，离开了阳光房。

我太好奇了。

他到了花园里,在桌子上放了一顶大礼帽,就像是魔术师的那种帽子,他们通常会从里面拎出一只兔子。

"女士们,先生们,各位请看,我这里有个广口瓶,里面有一条红色的金鱼,没错吧?"

不对,没错什么呀!这里只有他一个人,其他6把锻铁椅子上根本就没有人。双胞胎姐妹跟着妈妈去树林里骑山地自行车了。

热尔曼呢?他去了德国的巴伐利亚,住在他的表兄弟家里。

除了住在旁边农场的小蒂波跟他妈妈,这周围3千米连个人影儿都找不出来!

"各位,我要让这条鱼从你们眼皮底下消失。请看好了!助手小姐,请帮我把帽子拿来好吗？它里面是空的，对不对？请你们检查一下吧！"

当然了，根本没有人过来。

不过，我看见麦克斯拉住了上衣底下的什么东西。

"哎呀，你们弄错了。请看！"

麦克斯摸了一下帽檐，从里面拉出一条彩色的丝巾。他慢慢地把那条丝巾遮在广口瓶前面，同时偷偷地拿走了装着于勒的小袋子。

当丝巾移开以后，广口瓶里是空的！麦克斯借机把小袋子放进了帽子里，那条丝巾挡住了他的小动作。

我打算去正面继续看表演，于是悄悄地溜进了一大丛绣球花里面藏了起来。我的头顶上有只喜鹊，它偷偷摸摸地看我，叽叽喳喳地

吵个不停,可能在暴露我的藏身之处。除非它不是在跟它的茱莉表姐说话,可茱莉一直在客厅回应它呢!

"女士们,先生们,请放心,小鱼马上就会回来的。请看!"

麦克斯再次用丝巾遮住广口瓶,持续了大约一秒钟时间。然后,他拿开丝巾,瓶子里有一条鱼。

可那是一条蓝色的鱼。

大魔术师麦克斯！

高高的椴树上，那只喜鹊没完没了地叫着。

我敢肯定它被刚才的魔术表演震惊了，这会儿正不停地赞美麦克斯呢。

有那么一小会儿，麦克斯差点儿就骗到我了……

不过，我可是在暗中观察着他，我看穿

了他的秘密：他第二次用丝巾遮住空空的广口瓶时，偷偷地用一根手指钩出了藏在上衣里面的小塑料袋，把它连同里面的蓝色的鱼一起放进了广口瓶里。那条鱼看起来就像在广口瓶里游泳似的。

"好的，助手小姐，请您来检查一下广口瓶吧！"

那位幻想中的助手小姐走上前去，麦克斯再次拿起了那顶没人注意的帽子。

他抓住装着于勒的小袋子，把于勒跟广口瓶里的蓝色的鱼对调了一下。要是有观众在场的话，这可绝对行不通呀！

突然，一片黑影罩住了我。怎么回事？那只喜鹊要袭击我吗？

不对。这肯定是我的幻觉，花园里没有

其他人。要是有入侵者的话，当他还在百米开外的时候，我的嗅觉和听觉就会发出警告了！

我回到阳光房。麦克斯已经把那条蓝色的鱼放回了原处。他再次朝客厅走去，我凑上去仔细看着那条鱼。

它在玻璃后面傻兮兮地观察着我。你们有没有发现，有些动物看起来比其他动物更幼稚？

还有什么动物会比一条鱼更蠢呢？母鸡吗？

什么动物比猴子更聪明呢？狐狸？还是猫？

总之，我马上猜到了麦克斯为什么要抓我。他肯定是想练习什么新节目，他到底想把我变成什么呢？

我绝对应该多加小心!

他刚刚收拾好那些表演道具,女孩们就出现在了门口的小路上。

乐乐从山地自行车上跳下来,急急忙忙地朝我跑过来。

"赫尔克里!我们好想你呀!"

"是呀！"贝贝一边抱起我,一边表示同意,"赫尔克里,你真该跟我们一起去。春天的树林真的太漂亮了,到处都是各种各样的绿色！"

没错,树林里还到处都是带小水坑的泥巴路呢。我才不在乎什么绿色。我的小爪子可比自行车轮胎娇贵多了。

"宝贝们,怎么样？"麦克斯说,"你们有没有去问蒂波要兔子呀？一只小白兔。"

"没有。"罗洁丝一边说,一边取下了自行车的车筐。

她从里面拿出一棵生菜、一些小萝卜、一块山羊奶酪和两罐果酱。这都是在蒂波家买的。

"麦克斯,我不想吃肉,更不用说兔肉了。"

"哎呀，不是用来吃的！是为了……为了给女儿们一个惊喜，你知道的呀！"

"惊喜？"乐乐很感兴趣地说道，"你是说要给我们表演一个魔术节目吗？"

"不是一个，是好几个！"麦克斯信誓旦旦地说，"等到这周末，我就给你们献上一场真正的表演！"

"就像你的好朋友'魔力大师'表演的那些魔术一样吗？"贝贝问道。

这回，我彻底懂了。每天晚上，双胞胎姐妹都守着电视看《魔力大师的新魔术》。她们特别喜欢这个节目。

每当这时，她们的老爸就声称自己也能跟那位著名的魔术师表演得一样好。

"女儿们，你们说错了，'魔力大师'

不是我的朋友。20年前,我们只是同一家魔术师俱乐部的会员,我就是在那里遇到他的。当时,他的名字还叫马修·吉布呢。"

"既然你认识他,那我们应该可以去现场看他表演啊!"贝贝提议说。

"没错!"乐乐接着说,"妈妈,可以的吧?"

"为什么不可以呢?"罗洁丝回答说,"这个星期,他每天晚上都会在波尔多大剧院表演。那儿离我们家只有一个小时车程。"

"姑娘们,你们等着瞧吧。"麦克斯咕哝着说,"对了,为了表演前所未有的新魔术,我需要一只兔子,还有你们俩的猫。贝贝,你愿意吗?"

麦克斯准备把我捉过去,但我从贝贝怀

里躲开了他的手,跳下地去逃进了花园里。我听见麦克斯还在嘟囔:"见鬼,为什么这只猫会怕我呢?"

这算什么问题!因为我一点儿也不想变成兔子啊!

"魔力大师"战胜麦克斯！

晚上，我回到了客厅，一点儿也不担心自己被逮住，因为他们都在看《魔力大师的新魔术》呢。

全家人聚在一起，盯着电视。我躺在了自己最喜欢的位置——沙发上，双胞胎姐妹的中间。

这里简直太舒服了。我打起了呼噜。

红色的大幕拉开,"魔力大师"出现在屏幕上。他浑身上下都是黑色——斗篷、帽子,还有胡子,看起来坏坏的。他的微笑也有点儿坏坏的,好像在说:"哈哈,你们可要小心点儿哟!"

"你们快看!"乐乐叫起来,"那一定是于勒的兄弟!"

她说得没错!那张独脚小圆桌上的大瓶子里,也有一条一模一样的金鱼。

"魔力大师"单手抓着斗篷,把它在桌子上方挥了挥……

一秒钟之后,那条鱼不见了,就好像被斗篷吞掉了似的!魔术师看起来也惊讶极了。不过依我看,他只是在演戏。

他邀请坐在第一排的一位年轻女孩

登上舞台，把自己的帽子递给她。她接过帽子，把它翻过来，很肯定地说："里面什么也没有！"

可是，"魔力大师"从帽子里拽出了一条丝巾。他把丝巾展开，慢慢地向大瓶子移动过去。那个瓶子里现在只有水。

一秒钟之后，瓶子再次从丝巾后面露了出来。里面有一条鱼！

一条蓝色的鱼。

"哇！！！不可思议！"双胞胎姐妹兴奋地大喊。

但她们的喊叫声淹没在另一个人的叫声里——那是气愤的叫声。那叫声太可怕了。我赶紧溜到地上，躲到了沙发底下。

"不！！！！！！我不相信！！！"

是麦克斯。他站起来,满脸通红。他伸手指着电视屏幕,气得连话都说不清楚了:"不!!!不可能,这不可能……"

"爸爸,你怎么啦?"乐乐吃惊地问,"这只是个魔术呀!"

"对呀,"贝贝跟着点点头说,"你应该知道的呀,这背后肯定有什么诀窍。"

"不是这个问题,姑娘们……"

"那是什么问题?"罗洁丝问道。

"这个节目——《变色鱼》,是我本来打算这周六给你们表演的!"

"只是个巧合啦。"他的妻子耸了耸肩膀说,"这肯定是你和'魔力大师'以前在俱乐部里学过的魔术。"

"不是!这个节目是我设计的!绝密!

我真不敢相信……"

是的,我见证了这一切。今天晚上的电视直播里,"魔力大师"表演的正是麦克斯今早刚刚练习过的魔术。

"他偷了我的节目!"

"他才没有偷你的呢,爸爸!"乐乐不高兴地说,"只是一个魔术节目,它根本一文不值呀!"

"一文不值?恰恰相反!一个新的魔术节目价值连城!它就像魔术师的所有秘密一样值钱!可他居然偷了我的节目!"

贝贝赶紧跑到她爸爸跟前,使劲抱住他说:"好啦,好啦,爸爸,冷静点儿。'魔力大师'跟你想到了同一个创意,也许就是这么回事。"

"还是在同一天？这……这就像他钻进了我的脑袋里一样，就好像他今早躲在阳光房外面偷偷地观察我！"

说得没错。不过，当时他的观众只有我。可我绝不是内鬼，我发誓。

屏幕上，表演者带着灿烂的微笑说道："亲爱的朋友们，明天见！波尔多大剧院，现场直播《魔力大师的新魔术》！"

我知道麦克斯很失望。他不可能再给双胞胎姐妹表演这个魔术了。她们已经看过了，魔术的神奇效果没了。

这天晚上，我趴在两位主人床中间的猫窝里。（没错，双胞胎姐妹睡在两张一模一样的床上！）贝贝很认真地说："爸爸说得对。要是'魔力大师'真的偷走了他的魔术节目……"

"怎么样?"乐乐问道。

"这可比表演《变色鱼》厉害得多呀!也就是说,'魔力大师'真的特别特别厉害!"

喜鹊茱莉逃走了！

"一只白鸽？"贝贝惊讶地说,"可是,昨天你还想要一只兔子呢!"

"都怪赫尔克里!"她爸爸回答道,"你们那只猫脾气倔得很,他就是不肯合作,算了。蒂波家肯定有鸽子。"

"你确定不会伤害那只鸽子吧?"乐乐又问了一遍。

"绝对不会！啊，等等，别从阳光房那边走。我把茱莉放出来了，我要带它一起干点儿活。"

那只喜鹊在阳光房里？那我才不要待在这儿呢！上回它从笼子里被放出来的时候，当场就把我当成了攻击目标。

再没有比那些可恶的小鸟更凶猛的动物了！

我走进了车库，姐妹俩正准备出去骑车。

"赫尔克里！你要跟我们一起去吗？"乐乐高兴地叫了起来。

"你真乖！"贝贝跟着说，"不过，千万不要离开我们俩的视线呀。"

去一下也没关系。要说这附近，我可比她们俩要熟悉多了！

树林里的确很漂亮，只可惜青草是湿的，路上到处都是水坑。树木刚刚开始发芽，高处的树枝上，有只陌生的鸟正在叽叽喳喳地叫个不停。不对！那是只喜鹊！它正在跟踪我们！不是茱莉，应该是它的表妹，可以自由地到处飞的那只表妹。

我再怎么防备喜鹊也没用，它们总是乱飞，绝不会乖乖待在笼子里。

再说，被关进笼子里也是它们自己的错。圣诞节期间，我们来到热尔曼家，他意外地发现有只喜鹊飞进了阳光房，正忙着偷吃我的猫粮……好大的贼胆啊！

于是，热尔曼抓住了它，训练它，还给它起名叫茱莉。它很喜欢站在热尔曼的肩膀上。我讨厌它！它总是追得我到处跑！

双胞胎姐妹在马厩里找到了蒂波。他妈妈把这里改造成了住所,小蒂波正在打扫卫生。

看见两个女孩,他高兴地叫了起来。我知道他很喜欢双胞胎姐妹,到底喜欢哪一个呢?呃……或许两个都挺喜欢吧。

"白鸽?嗯,我妈妈确实也卖鸽子!"

"太好了,"贝贝说,"不过,必须是白鸽!多少钱一只呀?"

"别开玩笑啦。等你爸爸不需要了,你再给我送回来就行了。"

他走进鸽笼,挑选了一只白鸽——最美丽的那只。唉,可怜的鸽子,它还不知道什么样的命运在等待着她呢。

双胞胎姐妹分别亲了蒂波一下作为感谢,

每人一边脸颊。蒂波的脸一下子就红了,双胞胎姐妹的脸也红了。

回到热尔曼家,我们从阳光房前经过,麦克斯正在里面忙活,他想让茱莉飞起来。看到我们,他立刻着急地大叫起来:"不行!你们别看!快走开!"

"好啦,知道啦,"乐乐嘟囔道,"我们这就走。拿着,这是我们帮你要来的白鸽!"

命令什么的跟我没关系,所以我藏在了那一大丛绣球花的后面,观察着那个新手魔术师……

他把训练好的喜鹊放进了帽子里,但我发现那顶帽子是双层底的!

接着,他往袖子里放了几粒玉米粒,引

着白鸽钻进去。一只鸽子而已，确实占不了多大的地方。

我开始欣赏麦克斯了。他很了解魔术，这毫无疑问！

他从口袋里拿出一枚戒指，尝试着把它固定在白鸽的脚上，再用最快的速度把它拿下来。

正当他在阳光房里练习的时候，我听见那只自由自在的喜鹊在我的头顶上乱叫。哦，不对，它正在跟另一只我不认识的鸟争抢位置！

一只超大个的熊蜂像要坠毁的直升机似的摇摇晃晃地飞过来，又在一阵奇怪的嗡嗡声中逃走了。真是弄不懂这种虫子！

两个小时以后，麦克斯的魔术节目准备就绪了。

我们一起在厨房里吃午饭的时候,他很骄傲地对双胞胎姐妹说:"这周六,我要给你们表演3个独家的魔术节目!"

可是,没过一会儿,等麦克斯走进阳光房的时候,他再次大叫起来,非常惊慌的叫声。

"那只喜鹊——茉莉不见了!!!"

"它肯定是藏起来了。"罗洁丝说,"要不然的话,你是不是把哪扇窗户留了一条缝呀?"

"我敢肯定没有!它到底是怎么飞走的?"

麦克斯看向那只白鸽,他刚才已经把它关进了笼子里。他又看向金鱼于勒,它正在自己的大瓶子里散步。哦,不对,应该是游泳。

他低下头，目光锁定在我身上。

"肯定是赫尔克里干的！"

"爸爸！"乐乐生气地抗议，"赫尔克里怎么会开门呢？！"

"再说，他一直跟我们一起待在厨房里呀。"贝贝跟着说。

我溜进客厅，缩成一团，躲到了沙发底下。这里已经成了我的最佳避难所。

与此同时，我还是觉得很惊讶，麦克斯他怎么会……

要不然茱莉怎么会不在阳光房里了呢？

这背后肯定是个绝妙的魔术！

变成喜鹊的白鸽

"哎呀！糟糕、糟糕、糟糕！要是热尔曼知道茉莉飞走了……"罗洁丝唉声叹气地说。

"你再去捉一只回来怎么样？"贝贝给她爸爸提了个建议。

"没错。"乐乐表示同意，"热尔曼不会知道的，所有喜鹊都长一个样儿！"

"可在那之前，"麦克斯嘟囔着说，"我又少了一个节目了。"

他当时完全没想到自己说的并不准确……

这天晚上，我第一个跳上了沙发。双胞胎姐妹也过来坐下了，接着是她们的爸爸妈妈。大家开始看电视了。

"魔力大师"出现了，他先展示了一顶空空的帽子。可是，他很快就从里面抽出了一条漂亮的白丝巾。丝巾擦过了他的手指，从那顶帽子里扑棱棱地飞出了一只白鸽！

白鸽飞进演播厅，在观众们的头顶上盘旋，又回到魔术师那里。"魔力大师"用丝巾重新把白鸽包住了。

然后，他邀请一位女观众上了台，从她那里借来了一枚戒指，固定在白鸽的脚上。

一个大大的特写镜头——没错,戒指固定好了,没有作弊。

我身边的麦克斯一下子从沙发上跳了起来,大声喊道:"不……这不可能!"

"魔力大师"把那条包着白鸽的丝巾揉成了一团,(也太可怕了吧!)又把那团东西塞进了自己的帽子里。当他抽出丝巾的时候……

"喜鹊!"麦克斯叫道,"是喜鹊!这不可能!那是我的喜鹊!他又偷了我的节目,还有我的喜鹊!"

他的喜鹊?肯定不是。他是说茱莉吗?难以置信。我表示反对,但没人能听懂我的喵喵叫。

屏幕上,那只喜鹊在大厅里飞来飞去。

特写镜头追着它,拍到了它脚上固定的戒指。

"哇哦!"双胞胎姐妹欢呼起来。

"难以置信……这怎么可能?"麦克斯嘟嘟囔囔地说。

他们都非常惊讶,只是原因不太一样。

那只喜鹊被"魔力大师"手里的谷粒吸引,又飞了过去,在他的手心里啄食。魔术师抓住了它。

两秒钟以后,他把戒指取了下来,又邀请那位女观众上台去拿。

"没错,是我的戒指!"那位女士松了一口气,微笑着说道。

这一回,就连我也弄不明白了。

"那是我的节目!"麦克斯对双胞胎姐妹和罗洁丝强调,"我今早就是在准备这个节目。'魔力大师'竟然在电视上演了出来！他是个骗子、小偷！要是我连这也能忍……"

"不然呢？"罗洁丝耸了耸肩膀。

"我要去剧院里当面质问这个大骗子！"

"可是，你根本没有证据啊，麦克斯！这不过又是一个巧合而已。"

"爸爸,你的意思是说,你知道怎么把那个戒指从白鸽脚上转移到喜鹊脚上吗?"乐乐问道,"我不相信……"

"我当然知道!"她爸爸肯定地回答。

"真的吗?那你快来揭秘吧!"贝贝向他提出了"挑战"。

她一向喜欢使用那些复杂的词汇,所以,她又接着说道:"请给我们解释一下,你要从哪里着手,具体怎样操作呢?"

"秘诀总共有两个:首先,当我把白鸽放进帽子里的时候,我要把戒指取下来,藏在手心里;其次,我要打开双层底,让喜鹊飞出来。"

"然后,你再把戒指套在喜鹊的脚上吗?"

"不，那是做不到的。"

"可是，那只喜鹊脚上有戒指啊！"

"没错。"乐乐跟着点点头说，"我们还看见它戴着戒指到处飞呢！"

"那不是同一枚戒指。"麦克斯解释道，"我事先已经把戒指套在了喜鹊脚上，再把喜鹊放进帽子里。观众都以为那就是那位女士的戒指。其实，我已经把她的戒指攥在手心里了。"

"好吧。"贝贝表示接受，"那你是什么时候把它套到喜鹊脚上的呢？"

"不是在台上套上去的！我抓住喜鹊，趁着它在我手里拍翅膀的时候，我把那枚提前套上去的'冒牌戒指'摘下来，再把女观众的真戒指还给她！"

这下子，双胞胎姐妹也弄不清这到底是不是巧合了。我也有点儿迷糊。

乐乐抱住她的爸爸，试图安慰他。

"好了，好了，爸爸，别生气了。这也没什么大不了的。"

"你还可以再给我们表演别的节目，比那些更好看的节目！"

"这是对我的侮辱，而且是不正当竞争！"麦克斯低声说道，声音有些哽咽了。

他的眼里涌上了泪水。两个女孩也感受到了他的情绪。

他们的悲伤和愤怒同样触动了我。一次还有可能是巧合，可是，两次巧合，而且是连续的两次，真的可能吗？

那个魔术师脸上阴暗的笑意让我觉得他

越来越可疑了。我打起了呼噜,帮助自己更好地思考。我反复推敲着一个计划,这个计划甚至让我有点儿害怕。

这个计划就是答应参与麦克斯的下一次魔术表演。这或许是戳穿"魔力大师"的唯一方法了。

麦克斯的新节目

我正在自己最喜爱的双胞胎中间的垫子上睡觉,一阵沉闷的声音让我竖起了耳朵。

我踩着猫步,悄悄地溜到了楼梯平台上。

麦克斯在一楼,他用锤子把他的魔术道具都砸碎了,把碎片都扔进了壁炉。跳动的火苗看起来快乐极了!

只有麦克斯一点儿也不快乐。正相反,

他现在非常悲伤。

我跑去安慰他,用爪子轻轻挠了挠他的腿。

"啊,赫尔克里!你怎么来了?哦,我知道你想要什么了。"

他走进厨房,往我的盘子里倒了一小袋猫粮。

"来吧,你是不是饿啦?哎……你要去哪儿呀?"

我回到壁炉前坐下,一双大大的绿眼睛盯着他看。

"你想跟我说什么呢?你生病了吗?"

他很担心地把我抱在了怀里。哎呀,麦克斯,你难道看不出来,这次我愿意让你抱了吗?

我跳到地上,站在那个我曾经逃过一劫的木盒子上,就是他前天想让我钻进去的盒子。

我小心翼翼地钻了进去……

天哪!这里面比我想的还要窄!

不对!它也是双层底的。一道隔板从我眼前滑开了,我看到了麦克斯的脸。他观察着我,像是不敢相信自己的眼睛。

"赫尔克里,你不害怕了吗?你愿意进盒子了吗?要是这道隔板打开的话,你愿意到另一边去吗?"

如果这样做能让他高兴的话……我照做了,这并不复杂。他高兴地叫了起来。

"贝贝!乐乐!你们起床了没有?快过来看!"

我偷偷地往盒子外面看了一眼。双胞胎姐妹出现在二层的楼梯平台上，迷迷糊糊，睡眼惺忪，还穿着睡衣。

"爸爸，出什么事了？"

"着火了吗？"

"宝贝们，快去换衣服！现在就到蒂波家去。我需要一只兔子，一只白兔。十万火急！"

时间太早了，草地上还都是露水。

我可不想弄湿了脚！所以，双胞胎姐妹在自行车前面挂了一个车筐。

我坐在乐乐的车筐里，贝贝的车筐里装着那只白鸽。我们只用2分钟就穿过了树林。到处都静悄悄的。我敢说那些鸟都还没睡醒呢！

不过，当我们来到农场时，突然听到了一阵阵的鸟叫声。

是喜鹊的声音。

它正在那座房子关着的百叶窗前跳来跳去。是它吗？没错。我认出了它，它不是茱

莉，而是它的姐妹。它选了一个新家吗？太奇怪了！

蒂波跑了出来，手里拿着一个水桶。

"贝贝，早！乐乐，早！赫尔克里，你好啊！你们来看我真是太好了！我正在照顾多赛特呢。咦，那只鸟还在那儿吗？"

他匆匆忙忙地跑向那只喜鹊，拍着巴掌把它吓走。

"喂，快走开！你会把我家的租客吵醒的！"

他指着房子，解释说："这里住着一位艺术家。他很晚才回来。从昨天开始，这只喜鹊就一直不停地在他门口吵个不停……啊，对了，你们需要什么？"

"一只兔子。"贝贝回答。

"要白色的！"乐乐继续说，"我们把白鸽还给你。"

双胞胎姐妹挑了一只特别白的兔子。

它蜷缩在贝贝的车筐里，车子每颠簸一下它就抖个不停。它吓坏了，大大的红眼睛紧盯着前面的路。

依我看，这是它第一次坐自行车。而且，它马上还要表演一个魔术节目呢。（唔……事实是，我也一样！）

麦克斯把我们俩都放在花园里的锻铁桌子上。他那个动过手脚的盒子放在我们中间，然后，他把那只兔子放进了盒子里。

"女士们，先生们，请看，盒子里有一只兔子！"

不。现在没有了。那只格外白的兔子从里面跳了出来。

它拒绝再进入盒子里。

"天哪，兔兔！你就不能乖一点儿吗，嗯？"

那只兔子不停地蹬着四条腿。

"跟赫尔克里学一学。你看他多乖！"

我肯定已经把这个合作者给吓着了，要是它知道麦克斯一会儿还要把我们俩关进同一个盒子里的话……

"奇怪……到底是什么东西让你这么害怕呀？"

我抬起头，突然明白了。让它害怕的不是我，而是那只鸟。从刚才开始，它就一直在阳光房和花园上空飞来飞去，一边飞一边嗡嗡叫。

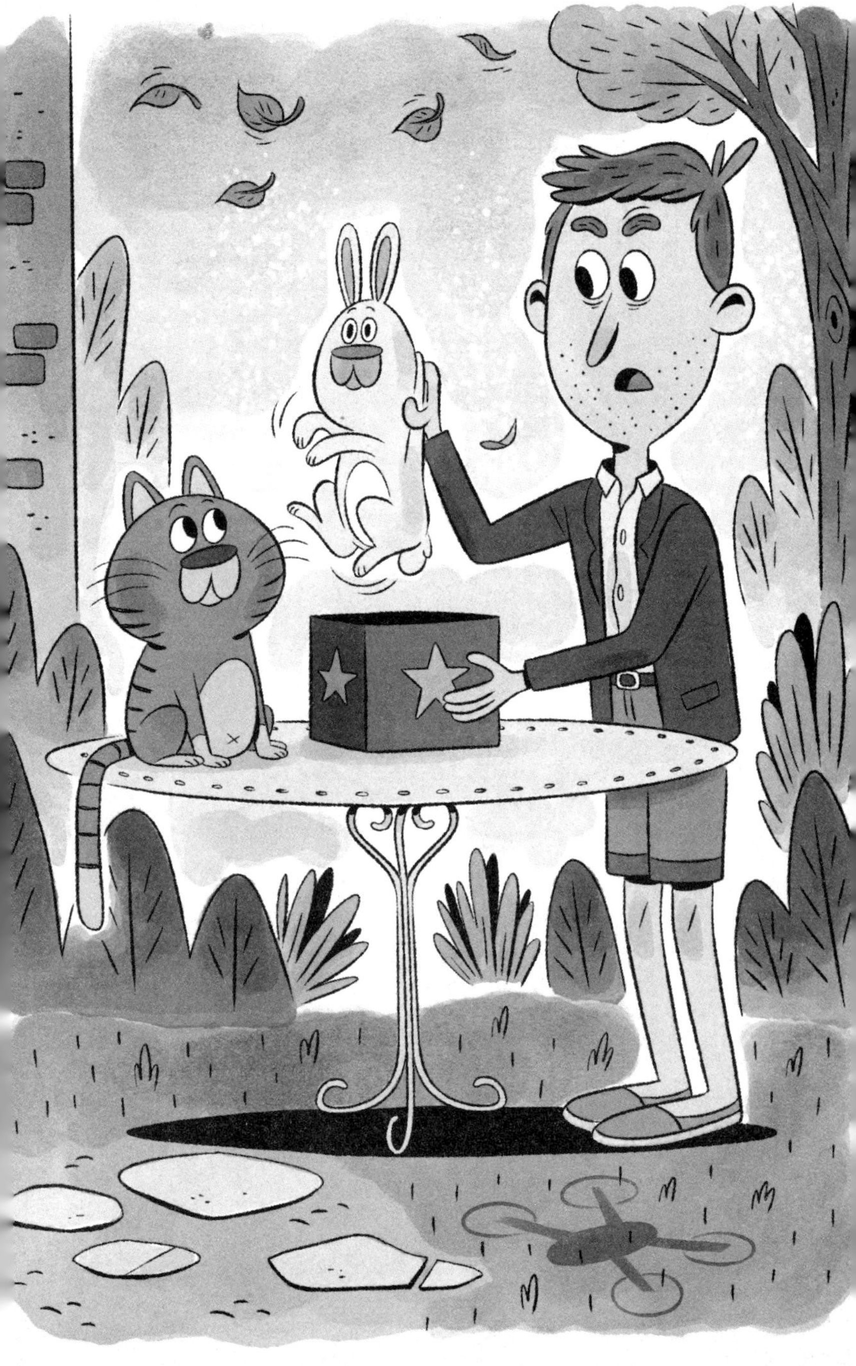

这就很可疑了。

因为鸟是不会嗡嗡叫的!

来自空中的"间谍"

显而易见,那不是一只鸟,而是一架直升机。

但是,那东西比直升机要小得多,看起来就像个玩具。

我一下子想起了一个奇怪的东西——无人机。双胞胎姐妹的好朋友艾米丽就有一架一模一样的无人机。

那架无人机悄悄地停了下来,就停在我们正上方大约6米高的地方。在它那4个转动的叶片下,摄像机的镜头监视着一切——我、兔子、麦克斯、花园,还有透明顶棚的阳光房。

那台机器已经监视我们多久了呢?

一个小时?三天?一个星期?

"喂,赫尔克里,你一直在那儿看什么呢?"

等到麦克斯抬头去看的时候,那架无人机已经飞走了。它消失在椴树上方。我知道,这些机器都是远程遥控的。

我一跃跳下地,朝菜园的方向跑去。

我看见那架无人机正在树林上方越飞越远。

它的主人发现我了吗？无所谓，我实在太想知道到底是谁在远距离操纵它了！

这次，总算到了我大显身手的时候！我爬过倒下的树干，钻过一丛丛的灌木，跳过一个又一个小水坑。

我吓跑了一只山鸡,还撞上了一对田鼠。没时间抓住它们了,真遗憾!

无人机不时地消失在茂密的树叶后面,不过,幸好现在是春天,叶子才刚刚开始生长。我又跟上了。

我应该跟"猎物"隔开一段距离,防止它会拍到我。不过,谁会在意一只猫呢?

突然之间,树林消失了,前方出现了一片草地。

我来了个急刹车(四脚并用!),停在一只山羊面前,它低下头,用角对着我。这也难怪,我把它吓了一大跳。

"冷静,多赛特!是我,赫尔克里!"

蒂波的小山羊认出了我。

我现在离农场只有100米远,离无人机刚

才着陆的地方特别近。

我这双猞猁般锐利的眼睛（没错，猞猁是我的猫科亲戚）立刻认出了拿着遥控器的那个人。

他既没戴帽子，也没穿斗篷，甚至没有黑胡子。

但我从1000个人里也能认出他来,尤其是他挂在嘴边的那种微笑。

带着讽刺的、恶魔般的微笑。

"魔力大师"的微笑!

魔术师的秘密

我跑到菜园里,钻进生菜丛中,听见那个恶魔魔术师正在嘀嘀咕咕地抱怨:"该死的猫!它居然发现我的无人机了。今天晚上,我要表演什么史无前例的魔术才好呢?"

他捡起无人机,回到房子里去了。

房子的百叶窗开着。我小心翼翼地来到了窗户旁边。

我发现房子里有一台电脑,"魔力大师"可以从电脑屏幕上监视麦克斯。无人机的摄像头把麦克斯练习魔术的过程直接传到了电脑上,真是够奸诈的!

我终于发现了这个坏魔术师的秘密!

突然,一声尖叫吓得我倒退了好几步。是谁在求救?

原来是一只被逮住的喜鹊!它被关在桌上的笼子里……

我认出了它——茱莉!昨天,全家人在厨房里吃午饭的时候,肯定是"魔力大师"把它从阳光房里绑走了!

好极了,我已经发现了罪犯,现在只需要想办法把麦克斯带到这里来,让这个"魔力大师"被逮个正着。

这可不容易。

因为我虽然能听懂人类的语言，可是当我喵喵叫的时候，那些人类却什么也听不懂。

突然，我想出了一个主意！正当"魔力大师"调试电脑屏幕的时候，我偷偷溜进屋里，跳上了桌子。

"喳喳！喳喳！"茱莉大叫起来，算是跟我打招呼。

另外一边的"魔力大师"甚至都没转过身来。

怎样才能打开笼门呢？我紧紧抓着笼子的栏杆，对着笼子插销又咬又挠，可是一点儿用也没有。

"喳喳！"关在笼子里的茱莉一边拍打翅膀一边叫个不停。

它是想提醒那个魔术师吗？还是以为我要把它一口吞掉呢？

哎呀，我太使劲了，笼子失去了平衡，它摇晃起来。

笼子从桌上掉了下去，我也跟着掉了下去！

"魔力大师"被突如其来的响声吓了一跳，他站了起来。

"啊，到底是怎么……"

笼子掉在地上，摔得变了形，门一下子打开了。茱莉只花了一秒钟就逃了出来。

我跑向花园，茱莉紧跟在我身后。唔，更确切地说，它拍着翅膀飞在我身后。

"怎么回事？……这该死的猫！"

"魔力大师"冲了出来。太晚了，我们俩已经到了菜园里，接着又冲上了多赛特的草

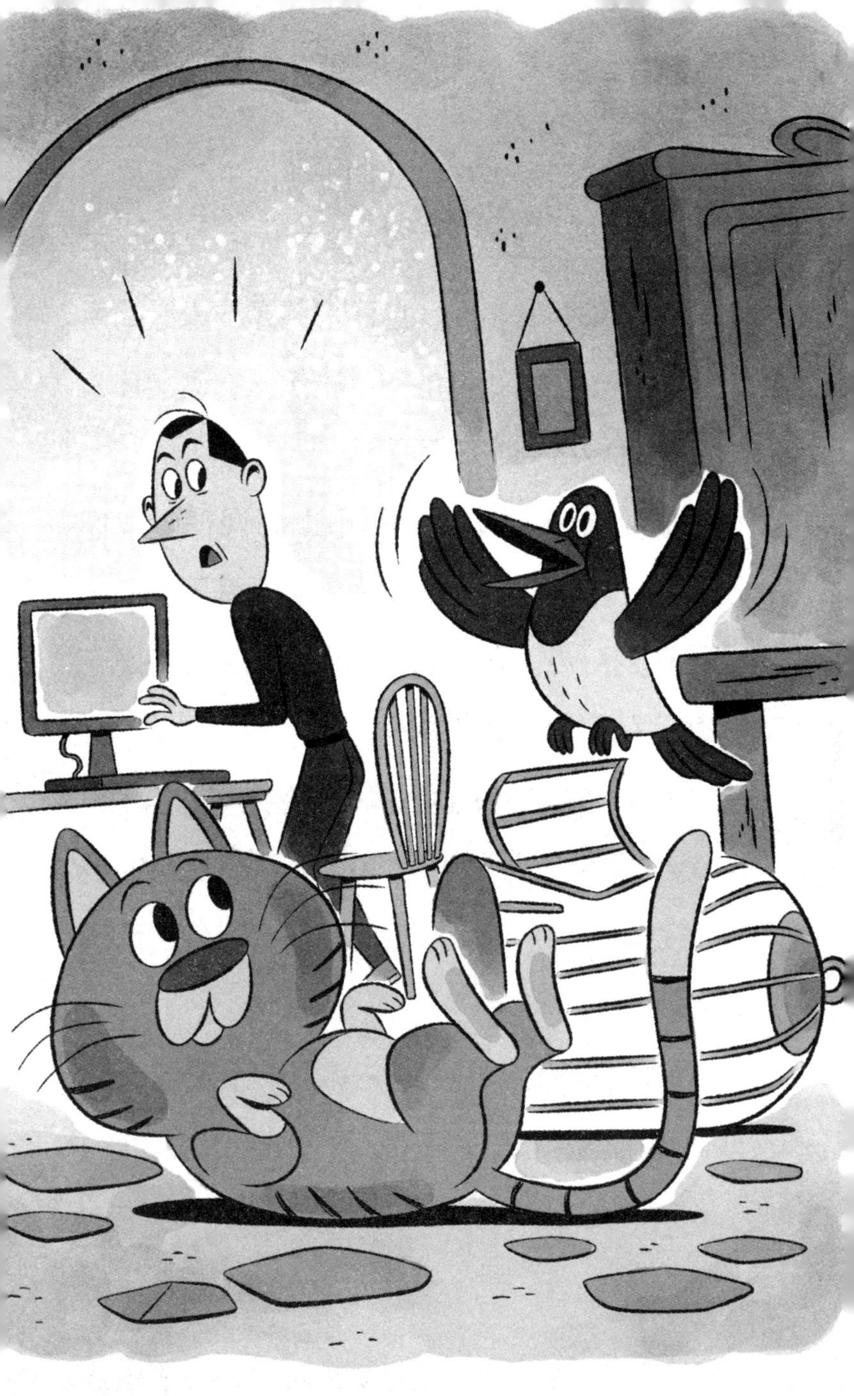

地。它目瞪口呆地看着我们一路逃进了树林。

我们头顶上飞来了一架无人机。啊，不对，那是茱莉的表妹。这两只重逢的喜鹊简直喜出望外，你争我抢地叫个不停，它俩实在有太多的话要跟对方说了。

我们原本连朋友都算不上。现在，我们已经成了牢不可破的三"人"组。两只喜鹊一直飞在我身边。有时候，它们会飞到我前面，我就追在它们后面使劲跑。

我们努力奔向共同的家——热尔曼的房子！

当我们来到阳光房门口时，最吃惊的要数麦克斯了。那只兔子也瞪着又大又红的眼睛盯着我们。

两只喜鹊的叫声很快就引来了罗洁丝和双胞胎姐妹。乐乐大声说："快看！那是……

热尔曼的喜鹊!"

"赫尔克里找到了茱莉!"贝贝立刻就明白了。

"得了吧。"她们俩的爸爸小声咕哝着说,"那也不一定就是茱莉呀……"

就好像是要证明他说得不对,茱莉立刻落在了他的肩膀上。

"呃……女儿们,你们说对啦。这就是茱莉!照我看,这家伙肯定是饿了才飞回来的。这跟你们的赫尔克里完全没关系。"

天哪!麦克斯也太小瞧我了!

突然,那架无人机出现在了花园上空,"魔力大师"也太不小心了吧!我高兴地喵喵叫了起来。

唉!只可惜没人往头顶上看。麦克斯只

顾着忙他的魔术表演,根本没想过要抬一下头。只有像我这样的超级英雄猫才能从花园里的各种声音里分辨出那架无人机的嗡嗡声!

那两只喜鹊也看见了无人机。它们一起冲过去,狠狠地对着无人机啄了起来。

这时,麦克斯才瞧见了这场"空战",他看得简直入了迷。

罗洁丝大叫起来:"哎呀!不对,跟它们打架的不是鸟啊!"

"是一架无人机!"贝贝也看出来了。

"没错!"乐乐跟着说,"比艾米丽的那架无人机还要大呢!"

空中的无人机要飞走了。"魔力大师"显然失去了好奇心。

"有问题!"麦克斯叫起来,"到底是

谁在控制那架无人机呢?"

我一蹦一跳地跑向树林,打算带他去揭晓"谜底"。

那两只喜鹊跟着我。我听见双胞胎姐妹大喊:"爸爸,快看!赫尔克里要给我们带路呢!"

露馅的魔术师

"马修,你好哇!怎么,你不认识我了吗?"

麦克斯、罗洁丝、双胞胎姐妹和我一起来到那座房子,把"魔力大师"逮了个正着。他的无人机被喜鹊啄得坑坑洼洼,正放在桌子上,旁边还放着遥控器和一本小册子。我们进来的时候,他正在翻着那本小册子。

他抬起头，看着这群"不速之客"。

"哦……你们好！啊，这个……你是麦克斯嘛，对吧？"

"没错。你是马修·吉布，也叫'魔力大师'。哎呀，我要祝贺你啊。离开魔术师俱乐部以后，你可是有了大大的进步呢。"

没有帽子、斗篷和胡子，这个魔术师看起来十分狼狈。他露出一副无辜的表情，做了个鬼脸。

"你在电视上看到我那个普普通通的小表演了，是吗？"

"我们每天晚上都看。马修，这还有你的两个粉丝呢——我的两个女儿，贝贝和乐乐。我来给你介绍一下她们的妈妈——罗洁丝。你恐怕永远也猜不出来我们俩是做什么工作的。"

"女士，很高兴见到您！呃……还真猜不出来。你们是做什么工作的呢？"

"我是警察。"麦克斯一边说，一边出示了自己的证件。

"至于我呢，吉布先生，我是警长。关于这架无人机，我们恐怕要问您一些问题了……"

"不好意思。"麦克斯说着，从魔术师手里把那个小本子一把拿了过来。"喔！原来你就是在这里面记录你'创作'的那些精彩的节目呀，或者应该说，剽窃的节目！"

这个坏蛋魔术师还想狡辩。但罗洁丝对他说道："真是不错的物证。我一定会把它写进我们的报告里的。"

蒂波被他们的说话声吸引过来,他站在门口。乐乐指着"魔力大师"对他说道:"这家伙是个大骗子!"

"你难道从来没在电视上看见过他吗?"

"呃,贝贝,我没有啊。你也知道,我要负责农场里的动物,还有菜园,我可没有看电视的时间。"

"他用无人机抄袭了爸爸的节目!"

"他甚至连我在俱乐部里的花名都偷了!"麦克斯生气地说道。

"我才没有!""魔力大师"辩解说,"这是我自己想出来的花名!你明明叫'魔法大师',这是不一样的。"

"你只是把'魔法'换成了'魔力'。换汤不换药!"

"吉布先生,你不承认自己剽窃了别人的节目吗?"罗洁丝问道。

坏蛋魔术师没话可说了。他低下头,承认了错误。

"唉,一开始我很高兴自己能被电视台选中。可是,每天晚上都要表演一个新节目,这根本是不可能完成的任务！我很快就不知道演什么了。上个星期，我在波尔多遇到了麦克斯，他当时刚从一家魔术用品店里走出来。我本来想跟他打招呼的，可后来我却跟着他来到了这里。我想，只要在他家附近租一间房子……"

我喵喵叫着表示反对。这才不是我们家的房子，我们这是在朋友家度假呢！可又有谁会注意一只猫呢。

"用无人机去偷窥他本来也只是逗着玩而已。唉，我走投无路才想到了这个馊主意呢……抱歉，我实在太不应该了。"

我再一次表示反对，应该多亏我胆大心细才对吧。罗洁丝生气地指着坏蛋魔术师说道："可是，偷窃别人的魔术表演和抄袭别人的小说一样,是一种侵权行为!"

魔术师羞愧地说:"我知道自己犯了一个不可饶恕的错误,我一定会负责的。警长女士,我能打个电话吗?我得告诉电视台,我今晚不能去表演魔术了。"

他对以前同在魔术俱乐部的朋友说道:"麦克斯,我向你道歉。请你放心,我马上就跟电视台中止合同。我还会向观众们说明真相。"

"天哪!"贝贝叫了起来,"这么说,我们今晚没有魔术可以看了?"

"新节目到此为止了吗?"乐乐伤心地问。

"魔力大师"做了个无奈的鬼脸。突然,他黯淡的眼睛又亮了起来,他看向了麦克斯。

他们的交流很短暂,而且悄无声息。

然后,他指着麦克斯,对双胞胎姐妹说道:"关于今晚的节目嘛……或许还有一个解决办法哟!"

尾声

这个窄窄的盒子里可真热啊!到处都黑咕隆咚的。还有这个臭味,真让我恶心,这是兔子的臭味儿!

尽管被关在木头盒子里,我还是听见了山呼海啸般的欢呼声。

有个声音说道:"亲爱的观众朋友们,今晚,'魔力大师'不会来表演了。没错,我们最爱的魔术师把位置让给了另一位非常厉害的艺术家。下面我们有请'魔法大师'麦克斯！"

一分钟以后，我听见"咔嗒"一声，隔板把我跟那只白兔分开了。我都没来得及看一眼，它就不见了。

突然，我这边的盒盖打开了。一道追光晃得我头晕眼花。

我慢悠悠地走出了盒子，迎接我的是数千人的掌声。

"魔法大师"正在我身边向观众们致意，一脸自豪的样子。"魔力大师"把自己的斗篷、帽子，甚至假胡子都借给了他。

他把我抱起来，对着镜头宣布说："这就是我最新的魔术表演——《白兔变猫咪》！"

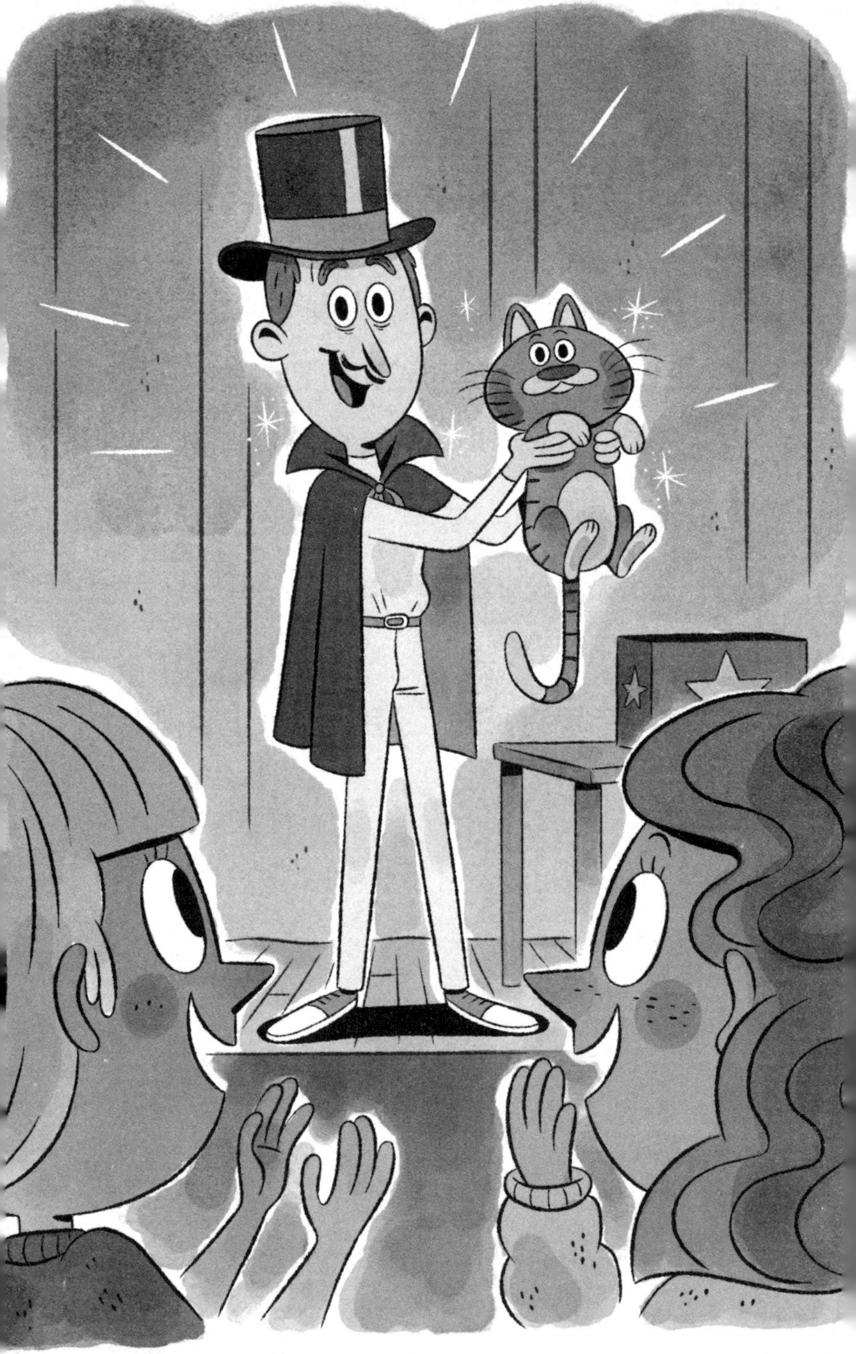

"哇,太棒了!"乐乐大声喊道。

"太精彩啦!"贝贝也跟着喊道。

她们俩坐在第一排,鼓掌也最卖力。罗洁丝也一样,她正朝着麦克斯竖起大拇指,对他表示祝贺。麦克斯站在舞台上,调皮地朝她眨了一下眼睛。

至于我呢,我就像个超级明星那样,摆出准备拍照的姿势。

啊哈,没错,这可是我第一次上电视呢!

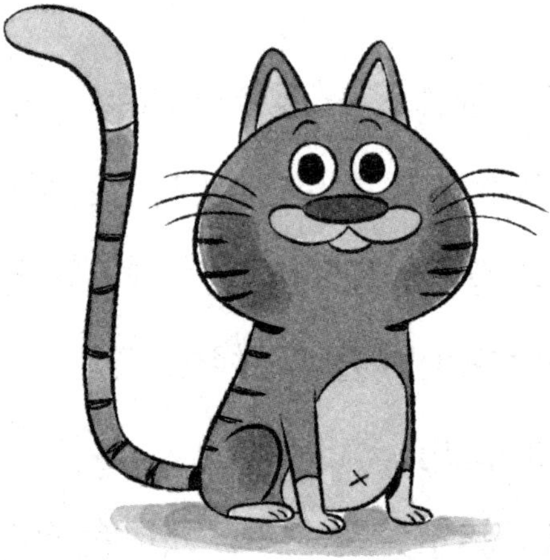

作者介绍

克里斯蒂安·格勒尼耶,1945年出生于法国巴黎,自从1990年起一直住在佩里戈尔省。

他已经创作了一百余部作品,其中包括《罗洁丝探案故事集》。当时,我们还不知道作者对猫咪有着特别的偏爱,也不知道这些探案故事的女主角罗洁丝已经做了妈妈,还生了一对双胞胎女儿。

看来,赫尔克里——一只具有神奇探案天赋的猫,带着他的两个小主人(乐乐和贝贝)一起去探案,也不是什么值得大惊小怪的事情啦!

插图作者介绍

欧若拉·达芒，1981年出生于法国的博韦镇。

她2003年毕业于巴黎戈布兰影视学院，此后在多部动画电影中担任人物设计和艺术总监。她曾经为许多儿童绘本编写文字或绘制插图，同时在儿童读物出版行业中工作。

她与自己最忠实的支持者——她的丈夫朱利安和她的猫富兰克林一起生活在巴黎。